TRADUCTION DE MARIE SAINT-DIZIER

ISBN : 2-07-054860-0
Titre original : *Mrs Armitage and the Big Wave*
Publié par Jonathan Cape, Random House, Londres
© Quentin Blake, 1997, pour le texte et les illustrations
© Éditions Gallimard Jeunesse, 1997, pour la traduction
française, 2002, pour la présente édition

Numéro d'édition : 04660
Loi n° 46-956 du 16 juillet 1949
sur les publications destinées à la jeunesse
Dépôt légal : mai 2002
Imprimé en Italie par Editoriale Lloyd
Réalisation Octavo

Quentin Blake

Armeline et la grosse vague

Gallimard Jeunesse

Pour Ali, Laurie et Lucy

Armeline allait à la plage
dans sa tenue de surfeuse,
avec sa planche de surf,
en compagnie de son chien
Claquebol.

Une fois arrivés, ils traversèrent le sable et entrèrent dans l'eau.

– Sais-tu ce que nous allons faire ?
dit Armeline à Claquebol.
Nager là où il n'y a pas pied
et attendre la Grosse Vague.

La Grosse Vague se faisait attendre
et Claquebol se fatiguait,
avec ses petites pattes.
– Sais-tu ce qu'il nous faudrait ?
dit Armeline. Quelque chose
pour faire flotter un brave chien.

Elle regagna la plage et acheta
une île déserte gonflable.

Quand elle fut de retour, Claquebol grimpa sur l'île déserte et tous deux continuèrent à attendre la Grosse Vague.

Il faisait si chaud, si brûlant que bientôt,
Armeline se mit à transpirer à grosses
gouttes et Claquebol à haleter,
la langue pendante.
– Sais-tu ce qu'il nous faudrait ?
dit Armeline. Quelque chose
pour nous protéger
de ce soleil ardent.

Elle repartit à la nage et revint
avec une casquette jaune à visière
en plastique pour elle, et une ombrelle
à pois rouges pour Claquebol.
Et ils continuèrent à attendre
la Grosse Vague.

Ils se sentaient délicieusement bien
mais, au bout d'un moment, ils eurent
un petit creux, comme ça arrive
souvent au bord de la mer.
– Sais-tu ce qu'il nous faudrait ?
dit Armeline. Des petites choses
à grignoter pour nous aider à continuer.
Elle retourna sur la plage
et acheta un canard
en plastique. Elle remplit
un cageot de snacks
appétissants et
l'attacha sur
le canard.

À son retour, Armeline mangea
un avocat-burger et Claquebol
des croquettes.
Et tous deux continuèrent
à attendre la Grosse Vague.

Au bout d'un moment, la brise
se leva et souffla vivement sur la mer.
– C'est agréable mais sais-tu ce qu'il nous
faudrait ? dit Armeline. Quelque chose
pour nous indiquer la direction
et la force du vent.
Elle s'éloigna à la nage
et revint avec une manche
à air et un grand pavois.

Les fanions se mirent à claquer au vent. Armeline et Claquebol continuèrent à attendre la Grosse Vague.

Un véliplanchiste
passa comme une flèche.
– Salut, la belle ! hurla-t-il.
– Sais-tu ce qu'il
nous faudrait ?
dit Armeline
à Claquebol.

Quelque chose
qui nous permette
de saluer nos amis
sportifs.

Elle regagna la plage et revint
avec un porte-voix rouge.
Elle rapporta aussi un klaxon de moto
parce que c'est toujours pratique
d'avoir un klaxon de moto.

Elle poussa quelques cris
et appuya plusieurs fois sur la poire
de son klaxon. Puis Claquebol et elle
continuèrent à attendre la Grosse Vague.

Tous les poissons du coin sortirent la tête hors de l'eau pour voir ce qui causait tant de tapage.
– J'espère qu'il n'y a pas de requins, dit Armeline.
Elle repartit sur la plage…

... et revint avec une gaffe bien solide.
– Avec ça, nous donnerons un bon coup aux requins, s'ils viennent nous taquiner ! dit Armeline.
Et ils continuèrent à attendre la Grosse Vague.

Et puis la Grosse Vague arriva.
C'est alors qu'ils remarquèrent
une petite fille en détresse,
Hortense, qui avait nagé trop loin.

Pouââ, hêt, hêt, hompf ! Armeline appuya de toutes ses forces sur son klaxon de moto. Elle agrippa Hortense avec sa gaffe et hop-là !

Ils firent une glissade californienne, une boucle balinaise, un flip waikiki et...

… ils échouèrent sur la plage,
juste en face des parents d'Hortense.

Ils allèrent tous fêter l'événement au café de la plage.
– Il nous reste encore du temps pour nous y remettre, dit Armeline à Claquebol.

– Mais sais-tu ce qu'il nous faudrait ?
Ce qu'il nous faudrait vraiment, c'est…

Fin

L'AUTEUR - ILLUSTRATEUR

Né en 1932 en Angleterre, **Quentin Blake** dessine déjà depuis toujours lorsqu'il publie son premier dessin dans le vénérable magazine satirique anglais *Punch* à l'âge de 16 ans ! Il fait des études de littérature à l'Université de Cambridge. Par la suite, il continue à étudier le dessin et travaille pour la presse, comme illustrateur et caricaturiste.

En 1960, il publie son premier livre pour enfants, en tandem avec John Yeoman. Suivront, depuis plus de trente ans, de nombreux autres titres, dont, chez Gallimard, *Le Chat ne sachant pas chasser, La Maison que Jack a bâtie, Monsieur Fernand et Mademoiselle Estelle*.

Sa collaboration avec Roald Dahl, dont il deviendra le principal illustrateur, commence en 1978, année de la publication de *L'Énorme Crocodile*. Ensemble, ils donneront vie à d'illustres personnages comme *Matilda, Les Deux Gredins, Le Bon Gros Géant*...

Quentin Blake a également illustré de nombreux autres grands auteurs britanniques contemporains ou classiques. Enfin, il écrit et dessine aussi ses propres histoires : *Armeline Fourchedrue, Les Cacatoès, Clown, C'est génial !, Le Bateau vert, Mimi Artichaut, Zagazou* sont aussi devenus des «classiques» de la littérature enfantine, récompensés par de nombreux prix.

Pendant treize ans, il enseigne l'illustration aux étudiants triés sur le volet du prestigieux *Royal College of Art* qu'il dirigera ensuite pendant 10 ans, avant de se consacrer totalement à l'illustration et à toutes les activités qui en découlent.

Quentin Blake a créé plus de deux cents livres – un rythme moyen de six livres par an ! – devenant l'une des figures emblématiques de l'illustration en Grande-Bretagne, en France et dans le monde entier, admiré par des générations d'illustrateurs. En 1988, il est décoré par la reine d'Angleterre de la médaille de l'Ordre de l'Empire britannique pour l'ensemble de son œuvre. Devenu en 1999 le premier Ambassadeur du livre pour enfant, il donne à cette fonction, soutenue par le gouvernement britannique, ses lettres de noblesse et élabore, pendant les deux ans que dure son «mandat», de nombreux projets (livres, expositions, conférences...) pour promouvoir la littérature de jeunesse. Il organise en particulier une magnifique exposition sur l'art et l'illustration spécialement destinée aux enfants à la National Gallery de Londres, le «Louvre anglais». Quentin Blake partage sa vie entre Londres et sa maison de l'ouest de la France.

folio benjamin

Si tu as aimé cette histoire de Quentin Blake, découvre aussi :
Les cacatoès 10
Le bateau vert 11
Armeline Fourchedrue 12
Zagazou 13

Et dans la même collection :
Les Bizardos 2
La famille Petitplats 38
Le livre de tous les bébés 39
Le livre de tous les écoliers 40
écrits et illustrés par
Allan et Janet Ahlberg
Les Bizardos rêvent de dinosaures 37
écrit par Allan Ahlberg
et illustré par André Amstutz
Madame Campagnol la vétérinaire 42
écrit par Allan Ahlberg
et illustré par Emma Chichester Clark
Ma vie est un tourbillon 41
écrit par Allan Ahlberg
et illustré par Tony Ross
La plante carnivore 43
écrit par Dina Anastasio
et illustré par Jerry Smath
La machine à parler 44
écrit par Miguel Angel Asturias
et illustré par Jacqueline Duhême
Si la lune pouvait parler 4
Un don de la mer 5
écrits par Kate Banks
et illustrés par Georg Hallensleben
De tout mon cœur 95
écrit par Jean-Baptiste Baronian
et illustré par Noris Kern
Le monstre poilu 7
Le retour du monstre poilu 8
Le roi des bons 45
écrits par Henriette Bichonnier
et illustrés par Pef
**La véritable histoire
des trois petits cochons** 3
illustré par Erik Blegvad
Le Noël de Salsifi 14
Salsifi ça suffit ! 48
écrits et illustrés par Ken Brown
Une histoire sombre, très sombre 15
Crapaud 47
Boule de Noël 96
écrits et illustrés par Ruth Brown

Pourquoi ? 49
écrit par Lindsay Camp
et illustré par Tony Ross
La magie de Noël 73
écrit par Clement Clark Moore
et illustré par Anita Lobel
La batterie de Théophile 50
écrit et illustré par Jean Claverie
J'ai un problème avec ma mère 16
La princesse Finemouche 17
écrits et illustrés par Babette Cole
L'énorme crocodile 18
écrit par Roald Dahl
et illustré par Quentin Blake
**Comment la souris reçoit une pierre
sur la tête et découvre le monde** 66
écrit et illustré par Étienne Delessert
Gruffalo 51
écrit par Julia Donaldson
et illustré par Axel Scheffler
Fini la télévision ! 52
écrit et illustré par Philippe Dupasquier
Je ne veux pas m'habiller 53
écrit par Heather Eyles
et illustré par Tony Ross
Mystère dans l'île 54
écrit par Margaret Frith
et illustré par Julie Durrell
Mathazilde et le fantôme 55
écrit par Wilson Gage
et illustré par Marylin Hafner
C'est trop injuste ! 81
écrit par Anita Harper
et illustré par Susan Hellard
La famille Von Raisiné 56
Suzy la sorcière 57
écrits et illustrés par Colin
et Jacqui Hawkins
Trois amis 20
Fier de l'aile 58
Le mariage de Cochonnet 59
écrits et illustrés par Helme Heine
Chrysanthème 60
Lilly adore l'école ! 61
Oscar 62
écrits et illustrés par Kevin Henkes
La bicyclette hantée 21
écrit par Gail Herman
et illustré par Blanche Sims

folio benjamin

Folpaillou 63
écrit apar Sandra Horn
et illustré par Ken Brown
Conte Nº 1 64
écrit par Eugène Ionesco
et illustré par Étienne Delessert
Le chat et le diable 65
écrit par James Joyce
et illustré par Roger Blachon
Solange et l'ange 98
écrit par Thierry Magnier
et illustré par Georg Hallensleben
Il y a un cauchemar dans mon placard 22
Il y a un alligator sous mon lit 67
écrits et illustrés par Mercer Mayer
Drôle de zoo 68
écrit par Georgess McHargue
et illustré par Michael Foreman
Bernard et le monstre 69
Noirs et blancs 70
écrits et illustrés par David McKee
Le trésor de la momie 23
écrit par Kate McMullan
et illustré par Jeff Spackman
Oh là là ! 19
Fou de football 24
Voyons... 25
But ! 71
Tout à coup ! 72
écrits et illustrés par Colin McNaughton
Mon arbre 74
écrit et illustré par Gerda Muller
Trois histoires pour frémir 75
écrit par Jane O'Connor
et illustré par Brian Karas
La sorcière aux trois crapauds 26
écrit par Hiawyn Oram
et illustré par Ruth Brown
Blaireau a des soucis 76
Princesse Camomille 77
écrits par Hiawyn Oram
et illustrés par Susan Varley
Rendez-moi mes poux ! 9
**La belle lisse poire
du prince de Motordu** 27
Le petit Motordu 28
Au loup tordu ! 78
Moi, ma grand-mère... 79
Motordu papa 80
écrits et illustrés par Pef

Le chat botté 99
écrit par Charles Perrault
et illustré par Fred Marcellino
Les aventures de Johnny Mouton 29
écrit et illustré par James Proimos
Pierre et le loup 30
écrit par Serge Prokofiev
et illustré par Erna Voigt
Je veux mon p'tipot ! 31
Je veux une petite sœur ! 32
Le garçon qui criait : « Au loup ! » 33
Adrien qui ne fait rien 82
Attends que je t'attrape ! 83
Je veux grandir ! 84
Je veux manger ! 85
écrits et illustrés par Tony Ross
Amos et Boris 86
Irène la courageuse 87
**La surprenante histoire
du docteur De Soto** 88
écrits et illustrés par William Steig
Au revoir Blaireau 34
écrit et illustré par Susan Varley
Tigrou 89
écrit et illustré par Charlotte Voake
Vers l'Ouest 90
écrit par Martin Waddell
et illustré par Philippe Dupasquier
Chut, chut, Charlotte ! 1
Le sac à disparaître 35
Spectacle à l'école 97
écrits et illustrés par Rosemary Wells
Alice sourit 91
écrit par Jeanne Willis
et illustré par Tony Ross
Bébé Monstre 92
écrit par Jeanne Willis
et illustré par Susan Varley
Mon bébé 6
écrit et illustré par Jeanette Winter
Blorp sur une étrange planète 36
écrit et illustré par Dan Yaccarino
Le chat ne sachant pas chasser 93
La maison que Jack a bâtie 94
écrits par John Yeoman
et illustrés par Quentin Blake